Moglie Dominante

Collezione di dominazione erotica

Erika Sanders

ERIKA SANDERS

Moglie Dominante

Erika Sanders
Serie
Collezione di dominazione erotica

Sinossi

In un matrimonio normale e noioso, il marito ha una fantasia su come sarebbe se sua moglie fosse dominante a letto.

Un giorno approfitta di una sua domanda per cercare di realizzare la sua fantasia e fare in modo che sua moglie prenda il controllo del sesso.

O è stato un errore con conseguenze che non potevi prevedere ...?

O è stata una buona decisione ...?

Moglie Dominante è un romanzo con un forte contenuto di BDSM erotico e, a sua volta, un nuovo romanzo appartenente alla collezione di Dominazione Erotica, una serie di romanzi con un alto contenuto di BDSM romantico ed erotico.

(Tutti i personaggi hanno 18 anni o più)

Nota sull'autrice

Erika Sanders è una nota scrittrice internazionale, tradotta in più di venti lingue, che firma i suoi scritti più erotici, lontani dalla sua prosa abituale, con il suo nome da nubile.

Índice:

MOGLIE DOMINANTE
ERIKA SANDERS

CAPITOLO 1

Tutto era iniziato innocentemente.

Avevo sempre fantasticato che mia moglie avesse più controllo a letto, e quando mi ha chiesto se poteva legarmi, ho colto al volo l'opportunità.

Tirò fuori alcune delle mie vecchie cravatte dall'armadio e mi legò a gambe aperte al letto.

Poi invece di cavalcarmi, mi ha bendato.

Andava bene, non quello che mi aspettavo, ma è stato un bel tocco.

Alla fine il mio desiderio fu esaudito, ma sembrava che avessi dimenticato qualcosa.

Qualcosa di molto importante.

Come ho detto, avevo sempre fantasticato su mia moglie che prendesse il controllo.

Non avrei mai immaginato che sarebbe stata così brava.

Mi ha stuzzicato senza sosta, succhiandomi forte e poi facendo scivolare il suo sesso succoso sul mio petto e di nuovo nella mia bocca per farmi mangiare, pizzicandomi i capezzoli o sbattendo il mio cazzo contro il mio stomaco.

"Per favore, padrona, devo venire. Ne ho davvero bisogno adesso."

Non era sicuro di quando avesse iniziato a chiamarla Padrona durante i giochi serali, ma gli sembrava molto più facile ora che era iniziato.

"Mmmmm ... lo schiavo è arrapato? Vuole essere scopato?"

Non ho nemmeno avuto il tempo di chiedermi del suo cambiamento di tono o di come mi chiamasse, perché c'era un'intrusione che non avrebbe dovuto esserci.

Mi stava infilando un dito lubrificato nel culo stretto, qualcosa che nessuno aveva fatto prima.

"No-uh-huh," ringhiai, cercando di fermarla, ma era troppo tardi.

Ha spinto il suo dito fino in fondo e poi ha iniziato a spingerlo dentro e fuori dal mio culo.

Più lo facevo, più mi rendevo conto che non era così male come pensavo.

Mi sentivo pieno, ma ogni volta che lo tiravo fuori, mi sentivo pericolosamente come se dovessi andare in bagno.

Ma una volta superato, mi sentivo abbastanza bene.

Diavolo, chi stava prendendo in giro, era davvero bello.

"Allo schiavo piace, vero?" Chiesto a mia moglie.

Era difficile ammetterlo, ma annuii.

"Sì..."

Ritirò le dita.

Ho pregato che lo facesse di nuovo e si masturbasse allo stesso tempo.

Ma invece, l'ho sentita spremere altro lubrificante e lubrificare di nuovo l'ingresso del mio culo.

"Lo schiavo vuole due dita su per il culo?" lei chiese.

Non ho mai sentito mia moglie parlare sporco prima d'ora.

Tranne le poche volte che è stata vicina all'orgasmo e mi ha detto di scopare la sua figa.

Anche allora dubitava, come se avesse paura di dire una parola così maliziosa.

Questo suo nuovo atteggiamento era totalmente inaspettato.

Dopo anni di dominio, è stato un enorme cambiamento essere improvvisamente la persona i cui limiti venivano superati.

Era erotico, sì, ma anche un po 'spaventoso.

"Sì," ho risposto.

"Lo schiavo deve dire 'Sì, fallo, padrona.'"

Perché continuava a chiamarmi Lo Schiavo?

Deve essere una specie di gioco di ruolo.

Era un po 'inquietante e scomodo, ma non abbastanza per alleviare il mio bisogno di liberarmi.

"Sì, lo schiavo lo vuole, padrona," dissi.

Ha spinto le sue dita dentro di me.

Prima mi sentivo pieno ed era un po 'strano, ma questa volta era come se mi stessero allungando. . . ampliato.

E quando ha iniziato a scoparmi, ho sentito i suoni umidi delle sue dita lubrificate entrare in me.

Mi ha fatto sentire un po 'sporco.

Sapevo che in qualche modo stavo rinunciando più della mia verginità anale, perché il senso di controllo che avevo era totalmente suo.

Ho fatto del mio meglio per impedire al mio corpo di reagire.

Ho provato a fermare i grugniti e i gemiti che volevano uscire dalla mia bocca, ho cercato di fermare la spinta dei miei fianchi e la diffusione delle mie gambe, ma è stato tutto inutile.

"Che puttana. Lo schiavo lo adora, non è vero? Lo schiavo ama essere scopato nel culo. Adora essere 'usato.'"

"Sì," ammisi, incapace di fare a meno di combattere la situazione, accettando il ruolo che mi aveva dato e aprendomi alle sue dita.

In poco tempo, stava spingendo contro di lei.

"Lo schiavo lo adora. Lo schiavo vuole venire", lo supplicai.

Mia moglie teneva ferme le dita e io continuavo a muovermi contro di lei come meglio potevo nonostante le mie restrizioni.

Sapevo cosa stavo facendo.

Stava ammettendo di amarlo.

Che non mi stava obbligando.

E non mi importava.

"Lo schiavo lo adora. La mia cagna lo adora nel suo culo sporco, giusto?"

"Sì, lo schiavo lo vuole."

Mi ha toccato il cazzo.

"Lo schiavo è molto duro. È una puttana per aver voluto questo. Scommetto che vuole venire adesso."

"Mmmm" gemetti. "Lo schiavo vuole davvero venire adesso."

"Ma cosa farebbe lo schiavo per venire, hmmmm?" lei chiese.

"NULLA!" Gemetti.

"Nulla?" lei chiese. "Lo schiavo è al sicuro?"

"Sì," era quasi senza fiato. "Lo schiavo è molto al sicuro."

"Ti lasceresti scopare dall'amante della tua padrona? Ci lasceresti farlo proprio qui con lo schiavo nella stanza?"

CAPITOLO 2

WOW, è stato piuttosto confuso.

Ero l'amante di mia moglie, giusto?

E la casa era vuota, giusto?

Un gioco… doveva essere quello.

"Sì signora", ho risposto.

Si alzò dal letto, uscendo dalla stanza e lasciandomi ancora desideroso.

Ho sentito il suono soffocato di parlare con qualcuno.

Non poteva esserci nessun altro.

Era sicuro che la casa fosse vuota.

Ma se era vuoto, con chi stava parlando?

Vorrei non essere stato bendato.

La stanza divenne improvvisamente molto fredda e il gioco non assomigliava più tanto a un gioco.

La mia impotenza e la situazione in cui mi trovavo hanno finalmente toccato la mia anima.

La porta si aprì e feci del mio meglio per chiudere le gambe nel tentativo di proteggere ogni rimanente modestia.

"Eccolo", ha detto mia moglie. "Come ti ho detto. La puttana a cui piace farsi scopare il culo."

Ho capito quello che avevo dimenticato prima: una parola sicura.

Non ne avevo.

Mia moglie aveva menzionato di scopare il suo amante, ma dalle cose che diceva, potevo essere io quella che veniva scopata.

Ho rotto.

Anche se era un gioco, era diventato troppo intenso.

Ho tirato le mie restrizioni.

"Tesoro," lo implorai.

Era difficile per me respirare.

Ho iniziato a versare lacrime che sono state assorbite dalla cravatta che mi copriva gli occhi.

"Shhhh," ha detto, accarezzandomi, rassicurandomi. "La volpe ha paura?"

"Sì," ammisi.

Adesso poteva respirare un po 'più facilmente, ma tremava ancora.

Per fortuna mia moglie si è tolta la benda.

Mi guardai intorno nella stanza.

Non c'era nessun altro lì.

"Migliore?" lei chiese.

"Sì," sospirai di sollievo.

"Bene," disse, mentre saliva sul letto e si metteva a cavalcioni sul mio viso.

Ma il suo sesso era fuori dalla mia portata.

Spalancò le labbra bagnate del suo sesso e fece scivolare un dito dentro, scopandosi, giocando con me, stuzzicandomi, chiedendosi quanto lo volessi.

Poi ha tenuto il suo sesso aperto abbassandolo alla mia bocca in attesa.

Tuttavia, quando ho provato a baciarla e darle piacere, si è allontanata, ridendo.

"Guarda," disse a nessuno in particolare. "Te l'avevo detto che ero una puttana. La mia piccola schiava debole."

Mi spinse un dito bagnato in bocca.

Ero intriso del suo sapore.

L'ho succhiato, lasciandolo pulito mentre lo spingevo dentro e fuori dalle mie labbra.

"Sì, è il mio 'schiavo debole', giusto?" mi ha chiesto, come se parlasse a un bambino.

"Lo sono, voglio dire io sono la tua schiava, padrona", ho risposto.

"Lo schiavo sta riscaldando la sua padrona e facendo in modo che la sua padrona voglia il grosso cazzo grosso del suo amante."

È venuta mia moglie.

Mi aspettavo di sentire la sua mano avvolgere il mio cazzo e masturbarmi mentre la facevo piacere, ma invece quando la sua mano è tornata, conteneva qualcosa che non avrei mai saputo di avere: un dildo!

E non solo un dildo qualsiasi.

È stato grande.

Molto più grande del mio cazzo ed era nero.

Lo baciò, poi glielo strofinò tra i seni e infine lo fece scivolare avanti e indietro tra le labbra del suo sesso.

"Dio, non vedo l'ora di sentire il tuo grosso cazzo grasso nella mia figa", ha detto, e poi ha messo il dildo sulle mie labbra. "Succhia il cazzo del mio fottuto amante. Rendilo duro per la tua padrona."

Ho guardato negli occhi mia moglie, aspettandomi quasi di vedere un sorriso.

Un sorriso che mi avrebbe ucciso, ma non c'era.

Invece, i suoi occhi erano socchiusi per il piacere.

Ho aperto le labbra e l'ho succhiato, assaporando il lattice e il muschio del suo sesso.

L'ha pompato dentro e fuori dalla mia bocca per alcuni minuti e sulle mie labbra mentre lo baciava.

"Anche la mia padrona è il fottuto cazzo dello schiavo, giusto?"

Non potevo rispondere, ma il dildo nella mia bocca diceva molto.

"Adesso è pronto, non essere avida piccola stronza." disse, tirandolo fuori dalla mia bocca. "Lo rilascerò adesso. Diventerà un buon schiavo della sua Padrona?"

"Sì, padrona," risposi, mentre scioglieva i miei legami.

"Ricorda solo QUELLO", ha detto, indicando il mio cazzo, "appartiene a me."

Quando ero libero, mi ha spostato al centro del letto, sempre sulla schiena.

Una volta lì, mi ha montato la faccia e poi ha raggiunto dietro di lei e ha spinto il dildo nel suo sesso.

"Oh Dio," ansimò, mentre lo spingeva dentro. "Che cazzo. Umm-mmm-così dannatamente grosso."

Ero momentaneamente geloso.

Sì, geloso di un oggetto inanimato.

Dalla mia posizione, ho potuto vedere che la stava allungando e riempiendo in un modo che non avrei mai potuto.

Ho cercato di non lasciarmi disturbare mentre scagliavo il suo clitoride con la lingua con rinnovato entusiasmo.

"Guarda," disse, parlando al suo amante immaginario. "Guarda, ti ho detto che la piccola cagna voleva vederti scoparmi. Oh, amore, il tuo cazzo è così grande e si sente così bene. Mi farai venire, mi farai sborrare su tutta la sua faccia."

Gridò di piacere e il suo corpo si irrigidì.

Ha premuto il suo sesso contro la mia bocca con forza schiacciante, mentre mi ha sbattuto contro.

"Cazzo, cazzo, cazzo, cazzo."

Ha tirato fuori il dildo dal suo sesso e mi ha coperto la bocca con l'apertura del suo sesso.

"Assaggia il mio latte, bevilo", ordinò.

Mentre beveva bene da lei, mi ha pompato il cazzo.

Quando ho scosso i fianchi in risposta, ho sentito il dildo premere contro il mio sedere.

"Allarga le gambe, puttana. Concediti al mio amante", ha chiesto mia moglie.

Non era pronto per questo e stava andando troppo lontano.

"Fatene una puttana", ha detto.

La sua voce non ammetteva la disobbedienza.

Ho allargato le gambe.

Non solo mi chiamava puttana, ma mi sentivo anche tale.

Ha spinto il dildo contro il mio culo, cercando di forzarlo.

Non funzionerebbe.

Ho provato a rilassarmi.

Ho provato a sopportarlo, ma era troppo grande e faceva troppo male.

Ho urlato ogni volta che ha spinto.

"È troppo grande per lo schiavo, non è vero?" ha chiesto comprensivamente. "È un cazzo troppo grosso per il suo culetto sporco."

Annuii sollevato.

Il mio culo bruciava ancora.

"Dillo!" richiesto.

Quando volevo che mia moglie prendesse il controllo, non ci avevo pensato.

Avrebbe dovuto legarmi e poi fare quello che volevo che facesse.

Invece, mi stava facendo fare quello che "lei" voleva e dire quello che "lei" voleva che dicessi.

"Lui è, è troppo grande", Dio, era difficile da dire.

Mi aveva quasi fregato più di ogni altra cosa ammetterlo, ma sapevo che non avrei potuto sopportarlo.

"È troppo grande per il mio culo sporco."

Fortunatamente, ha posato il dildo e ha premuto le dita contro il mio buco rugoso.

Sono scivolati facilmente.

Gemetti in risposta.

"Ma al mio schiavo piacciono le dita della sua padrona, non è vero? Ha bisogno di allargare le gambe e toglierle dal percorso della sua padrona."

"Sì, allo schiavo piace molto di più così."

Ho fatto quello che ha detto, mettendo le mani dietro le ginocchia e tirando le gambe fino al petto.

"Di più," disse. "Lascialo a me."

Mi sono alzato ancora un po'.

Il mio sedere ha lasciato il letto.

Potevo facilmente vedere come stava pompando il mio cazzo con una mano e accarezzandomi il culo con l'altra.

"Oh sì, è così. Lascia fare a me." Mi ha guardato come se mi appartenesse. "È tutto mio, giusto?"

"Umm sì," ringhiai.

"Lo schiavo si sente come una puttana?" lei chiese. "Si sente come la 'mia' puttana?"

Mi sono sentita una puttana.

Nessun uomo degno di questo nome sarebbe stato nella posizione in cui si trovava.

Peggio ancora, l'ho adorato.

"Sì," ringhiai in risposta.

Era la mia immaginazione o era la mia voce più alta?

"Sì, il mio schiavo sembra una puttana e suona anche come una puttana. Come poteva non sentirsi una puttana?" disse, e io gemetti in risposta. "Lo vuoi, no, puttana. E mi darà tutto il suo sperma, giusto? Oh sì, vuole così tanto, ma cosa farebbe il mio schiavo per venire?" Ha detto, rilasciando il mio cazzo e facendo rotolare le mie palle gonfie nella sua mano, mentre continuava a sondare il mio ano.

"Qualunque cosa," risposi e lo intendevo.

Le mie palle sembrarono esplodere.

"Il mio schiavo berrà lo sperma dell'amante della sua Padrona? Pulirà il suo cazzo sporco?"

"Sì! Per favore, qualsiasi cosa, per favore, lasciami venire"

"Quindi lamentati, puttana."

"Ugh, oh sì!" Ho pregato in risposta.

Ha tenuto il mio cazzo per la base e ha giocato contro il fondo, stuzzicandomi.

"Le puttane non si lamentano così. E lei ha detto che era la mia cagna, giusto?"

"Sì. Sì ... io ... lei è ... la tua puttana," risposi e fui ricompensato con un piccolo bacio sulla testa del mio cazzo.

Mi sono fatto coraggio dentro.

Potrei davvero farlo?

Cosa avrebbe pensato mia moglie di me quando lo avessi fatto?

Come sarebbe stata la nostra relazione più tardi?

Non ho potuto evitarlo.

"Mmmmmm" gemetti piano.

Non era un gemito molto maschile.

Era tutt'altro.

Era il gemito di una donna.

Il tipo che avevo sentito, non da mia moglie, ma guardando i sex tape.

Mi ha ricompensato succhiando la testa del mio cazzo nella sua bocca e poi tirandolo fuori di nuovo.

"Così va meglio, ma lei può fare di meglio, giusto?"

Potevo sentire lo sperma bollire dentro di me.

"Mmmmm- uuhhhhh" ringhiai più forte.

Ha tolto la bocca dal mio cazzo con un botto.

"Sì, è così. Questo è il tipo di suono che fa una puttana. È il tipo di suono che la tua Padrona vuole sentire, ma la tua Padrona vuole di più prima di far venire il suo schiavo. Vuole l'intero pacchetto."

L'intero pacchetto?

Cosa voleva?

Era molto difficile pensare.

Il mio corpo era in fiamme.

Volevo disperatamente venire.

Ho pensato ad alcuni dei nastri porno che guardavo.

Quale ragazza era la migliore?

Quale pensavo fosse la cagna più grande?

Cosa ha fatto?

Mi sono ricordato del nastro e mi sono ricordato della ragazza, una bionda magra.

Sembrava che la stessero uccidendo mentre veniva scopata, ma lei ha dato il meglio di sé.

Allargò le gambe e le tirò indietro a ogni spinta.

Si morse il labbro, giocò con i capezzoli, si succhiò il dito.

Ha parlato sporco.

Era uno squittitore.

Ma caro Signore, potrei farlo?

Ero anche sicuro che fosse quello che voleva la mia padrona, voglio dire, mia moglie?

Ho pregato che lo facesse.

"Mmmmmm, fottimi. Dammelo forte."

Allontanai le gambe, concedendomi a lei, e mi morsi il labbro inferiore.

Sperava che fosse quello che voleva.

Se non lo fosse, mi sarei reso ancora più ridicolo.

L'ho sentito aggiungere un altro dito ai due con cui mi stava già ficcando il culo e mi ha succhiato il cazzo con la bocca.

Questo "era" quello che voleva.

E ho scoperto che potevo darlo a lui.

Una volta che ho iniziato è stato facile.

Mi sono pizzicato i capezzoli.

Mi sono morso il labbro.

Mi sono spinto sulle sue dita.

Ho parlato sporco.

Oddio, odio ammetterlo, ma ho persino gridato.

Ha pompato la sua faccia su e giù per il mio cazzo in brevi colpi che hanno tenuto il passo con le dita che mi pompavano il culo.

Su e giù, dentro e fuori, con me che piangeva ad ogni spinta.

"Ugh-Ugh-Ugh. Oh Dio, mmmmmmmmmmm, sto per venire!" Ho urlato.

Le mie palle si sono contratte, pompando sperma caldo e le mie urla sono state soffocate dal suo sesso mentre si chinava su di me ancora una volta.

Sembrava che la mia anima stesse scappando in potenti esplosioni dal mio cazzo mentre tutto veniva risucchiato nella bella cavità della sua bocca.

CAPITOLO 3

Quando ho finito, ero debole, stordito e giacevo sul letto come un lenzuolo sgualcito.

Si è arrampicata sul mio corpo e mi si è messa a cavalcioni, inginocchiandosi e intrappolando le mie braccia sotto le sue ginocchia.

Sorrise, i suoi occhi brillavano di potere e lussuria.

Il mio sperma brillava tra le sue labbra contro il rosso dipinto del suo rossetto.

Sollevò il dildo e lo mise sotto la bocca.

Il suo sorriso divenne malvagio mentre le sue labbra si increspavano e il mio sperma usciva dalla sua bocca in una lunga ciocca, atterrando sul suo cazzo nero e correndo lungo la sua lunghezza.

"Succhialo schiavo. Lascia che il mio amante ti venga in bocca."

Non volevo farlo.

Probabilmente sarei stato ansioso pochi istanti fa, anche quando ho detto che lo avrei fatto.

Ma ora non era più acceso.

Ero soddisfatto e il gioco dovrebbe essere finito.

Non volevo più giocare.

"Lo schiavo ha promesso, non è vero?"

Il mio seme si stava già allontanando dalla testa del cazzo, formando una lunga ciocca verso le mie labbra.

Mi avrebbe picchiato comunque, giusto?

Quindi come starei con la mia sborra in faccia?

Ho aperto la bocca.

La stringa di sperma inserita.

"Sì ..." sibilò mia moglie, i suoi occhi ardenti. "Sì, è così. Lascia che il mio amante entri in bocca ... ma non ingoiarlo, non ancora."

Mia moglie ha spinto il suo cazzo tra le mie labbra.

Potevo assaggiare il sapore amaro del mio sperma contro il sapore del lattice sul mio cazzo.

Non era la prima volta che lo provavo.

Ma avere un boccone di sperma bloccato tra i denti e coprire il dildo di gomma è stato molto lontano dall'assaggiare accidentalmente i miei resti dalle labbra di mia moglie dopo aver ricevuto un pompino.

La mano di mia moglie è andata al suo inguine, le dita hanno girato sul suo clitoride.

"Dio, sei così sexy, mio piccolo schiavo debole!" gemette. "Così sporco. Piccola puttana."

Ha pompato il dildo dentro e fuori dalla mia bocca.

"Mi farai tornare di nuovo," ansimò, tirando fuori il dildo dalla mia bocca e gettandolo da parte. "Apri la bocca. Aprila ingoiando sperma e fammi vedere, fammi vedere la sborra del mio amante."

Ho aperto la bocca e ho messo lo sperma sulla lingua.

Mia moglie si è irrigidita, il bacino le si è gonfiato quando ha avuto un orgasmo.

Mi ha afferrato con le braccia e le gambe, abbracciandomi forte.

Mi ha baciato avidamente e abbiamo passato il mio seme avanti e indietro, scambiandolo.

È crollata sopra di me e non si è mossa.

Neanche io.

I nostri due corpi si sono aggrovigliati come una specie di puzzle sudato.

Ero esausto e faceva male.

Ma è stato un bel dolore.

Mi chiedevo cosa fosse successo e come questo avrebbe influenzato la nostra relazione.

Era stato fantastico.

Non sono mai arrivato così prima in vita mia.

Mi chiedevo se fosse stato un vero amante.

Ti saresti già divertito?

Mi chiedevo se voleva farlo di nuovo.

Mi sono chiesto molte cose.

Mia moglie mi ha staccato la testa dal petto.

"Wow," ha detto.

Era l'eufemismo dell'anno, ma all'epoca mi sentivo molto più sicuro di me.

"Wow hai ragione." Ho risposto.

Sorrise, non un sorriso malvagio come prima, ma un po 'giocosa e se non fosse stata la mia immaginazione, forse anche un po' timida.

"Pensi forse la prossima volta che potremo vedere se il mio amante ha un amico che può portare, forse qualcuno che è un po 'più piccolo per te?"

Era incredibile con quanta calma potesse dire quelle cose che potevano significare un numero qualsiasi di cose.

Ma qualunque cosa volesse dire, conosceva la risposta che voleva dare:

"Sarebbe carino", ho risposto.

"Mmmmm ..." mi baciò di nuovo. "Sei molto sporco."

UN VICINO MOLTO
RICONOSCENTE
ERIKA SANDERS

CAPITOLO 1

Anytha stava controllando la sua cassetta postale, esattamente alle 6:40, come tutti i giorni, anche il sabato.

Era una creatura abituale, proprio così.

Quello e l'autobus 5:15 tornano dal lavoro.

Quando chiuse la cassetta delle lettere e si voltò, un bel giovane stava rotolando su una sedia a rotelle.

Anytha gli sorrise educatamente e si diresse verso gli ascensori.

Aveva appena fatto qualche passo in quella direzione quando si rese conto che il giovane stava guardando verso la fila superiore di cassette postali.

Girandosi, sbottò:

"Ho bisogno di aiuto?"

"In realtà, sarebbe fantastico", rispose tristemente. "La settimana scorsa, il portiere stava raccogliendo la mia posta. Ora questa settimana è qualcun altro e non mi aiuterà in questo. Dice che è illegale gestire la posta di qualcun altro."

"È una tempesta", lo rassicurò Anytha, prendendo la sua chiave e inserendola nella cassetta delle lettere appropriata. "Il ragazzo normale tornerà la prossima settimana. Promette solo che non chiamerai l'FBI che mi segnala, okay?" Disse sorridendo.

Gli porse una pila di buste.

"Dio benedica il municipio." Continuò con un pizzico di amarezza. "Rende gli architetti progettare appartamenti accessibili, ma non cassette postali."

"Scusa," disse Anytha, non sapendo cos'altro poteva offrire.

All'improvviso si colpì la fronte e indietreggiò sorpresa.

"Cosa c'è che non va in me? Eccomi alla presenza di una donna bella, gentile e comprensiva e tutto ciò che posso fare è lamentarmi. Come se fosse colpa tua, in qualche modo. Lasciami ricominciare. Grazie, e intendo sinceramente. Mio Si chiama Brian. Probabilmente l'hai scoperto dalla mia e-mail, eh? "

"Sono Anytha", disse, chiudendo la cassetta delle lettere. "Sei nuovo qui, vero?"

"Mi sono trasferito la settimana scorsa. Cosa posso fare per ringraziarti?"

"Cosa? Quello non è niente. E io sono qui alle 6:40 ogni giorno, sai, fino a quando il normale portiere è tornato. Sarò felice di aiutarti."

"Non 6:45?" chiese, alzando un sopracciglio.

Rise mentre entrambi si dirigevano verso l'ascensore.

"No, a meno che l'autobus non sia in ritardo. Quando non hai molta vita, è più facile essere puntuali."

"Una donna bellissima come te, senza vita?" disse con incredibile incredulità.

Lei arrossì.

"Sei solo gentile."

"Almeno lascia che ti offra una birra." Rotolò verso l'ascensore.

"Davvero non mi piace la birra", ha rifiutato timidamente.

"E allora? Stai rendendo difficile essere un gentiluomo qui. Margaritas, mojitos, brandy, champagne?"

"Tengo solo il vino."

Si lanciò in avanti.

"Rosso o bianco, dolce o secco, domestico o importato?"

"Brian, davvero, non devi ..."

Quando le porte iniziarono ad aprirsi sul suo pavimento, si girò di fronte a loro.

"Non ti lascerò andare finché non risponderai."

Lei alzò gli occhi al cielo.

"Molto bene, hai vinto. Bianco, asciutto ed economico."

"Il mio tipo di ragazza," disse con un occhiolino, facendo un passo indietro in modo che potesse uscire dall'ascensore.

Scosse la testa esasperata, ma sorrise alla porta del suo appartamento.

CAPITOLO 2

Il giorno dopo, la stava aspettando quando entrò nella hall, alle prese con l'ombrello.

Sorrise piacevolmente sorpresa e prese la chiave per cercare la posta, quindi aprì la propria cassetta postale.

Aspettò pazientemente che lei si girasse e si diresse verso l'ascensore, rotolando accanto a lei.

"Ti sto rapendo e ti faccio accettare il bicchiere di vino di ieri. Ho tre gusti diversi tra cui scegliere."

"Sapori?" disse lei accigliata. "Non stiamo parlando di vini al gusto di frutta, vero?"

"Sto scherzando" si scusò.

"Bene, va bene. Immagino che in quel caso puoi rapirmi. Ma solo per uno."

Un sorriso gli tirò gli angoli delle labbra mentre rotolava verso l'ascensore.

Quando la accompagnò nel suo appartamento pochi minuti dopo, fu debitamente colpita dall'arredamento sobrio ma elegante.

Rifiutò la sua offerta di aiuto e le ordinò di "mettersi comodo" sul grande divano mentre entrava in cucina e cominciò a dedicarsi al servizio del vino.

Anytha lo guardò socchiudendo gli occhi mentre attraversava il banco basso.

Ieri non aveva notato molto al di là della sua natura generalmente attraente, con occhi sorridenti, capelli biondi mossi piuttosto corti e una mascella quadrata forte.

Ora, senza una giacca ingombrante, si rese conto che le spalle e il petto erano molto larghi, le braccia molto muscolose.

Quando la guardò, distolse rapidamente lo sguardo, arrossata.

"Wow", ha detto. "Hai una visione molto migliore della mia. Incredibile cosa possono fare a pochi metri di altezza."

"Di notte, l'illuminazione della città è piuttosto bella. Forse se ti verso diversi bicchieri di vino, posso convincerti a rimanere fino ad allora."

Anytha lo guardò, ma stava sorridendo beffarda.

"Ho detto solo un drink", le ricordò.

Si strinse nelle spalle.

"Quando un ragazzo rapisce una bella donna, non puoi biasimarlo per voler prolungare il piacere. Chardonnay, Sauvignon bianco o Bacardi?"

"Chardonnay", rispose lei, poi scese a guardarsi le mani in grembo. "Non dovresti continuare a dirlo."

Si acciglò.

"Dire che?"

"Non sono bello."

Smise di fare ciò che stava facendo e rotolò giù dal bancone della cucina verso di lei.

"Chiunque ti abbia convinto di questo merita di essere sfidato e io sono il tipo per farlo. Dammi un nome!"

Quando si rese conto che non si sarebbe mosso senza una risposta, mormorò:

"Una brutta relazione. È finita. È andata."

La guardò per un momento, poi si rilassò e tornò in cucina.

"Ecco perché non hai una vita? Da un coglione che non aveva idea di quanto fosse bravo?"

Sollevò il mento e sorrise, ma lui notò che si stava ancora torcendo le mani.

"Immagino che mi abbia reso più selettivo", ha detto.

Un attimo dopo, tornò con una birra in grembo e un bicchiere di vino in mano.

In qualche modo è riuscito a girare la sedia con una mano.

Riuscì persino a inchinarsi leggermente mentre le offriva il vino.

"Il tuo drink, mia signora."

"Grazie, gentile signore", rispose lei e rise piano.

Raccolse la sua birra e aprì il coperchio, gettandolo con cura in una lontana pattumiera, quindi le portò la bottiglia.

"Per i meravigliosi vicini."

Sbatté il bicchiere contro la bottiglia.

"Ching, Ching", concordò.

CAPITOLO 3

Per un po 'hanno parlato pigramente del lavoro e della famiglia, degli altri inquilini, dell'inconveniente del trasporto pubblico e di altre questioni relative alla loro zona di comfort.

Quando Anytha si scusò per usare il suo bagno, riempì di nascosto il suo bicchiere di vino dalla bottiglia che aveva riposto in una tasca laterale della sedia.

Quando tornò e guardò sospettosamente il bicchiere, lui seguì con una tecnica di distrazione più efficace.

"Non mi hai chiesto come sono finito su questa sedia", ha detto.

"Oh", rispose lei, bevendo un sorso sostanziale di vino. "Non sono davvero affari miei."

Brian si diede una pacca sulla spalla.

Quella tattica funziona sempre.

"E non sono affari miei il tuo ex. Ti propongo una cosa, ti racconterò la mia storia se mi racconti la tua."

"Non proprio ..."

"Sono stato stupido. Ho bevuto troppo. Ho preso una moto. Ho colpito un pezzo di ghiaia, poi ho colpito un fossato, poi ho colpito un albero. Almeno è quello che mi è stato detto. Non ricordo nulla di tutto ciò. Ma ora, niente funziona da dalla vita in giù. "

"Mi dispiace così tanto," disse, mettendo la mano sulla sua.

"Non farlo. Sono ancora qui. Mi sto ancora divertendo. E la parte migliore è" si protese verso di lei. "Le belle donne non mi vedono come una grande minaccia da duro quando provo ad attirarle nel mio dipartimento." Si appoggiò allo schienale della sedia. "Mi muovo nell'ombra, piccola."

Anytha lo guardò e alzò un sopracciglio.

"Eri un giocatore difensivo", ha rischiato un'ipotesi.

Rise felicemente.

"Offensivo. Centro, di tanto in tanto." Si strinse nelle spalle. "Non è abbastanza buono per i professionisti, ma penseresti che almeno renderebbe più facile avere un appuntamento al campus. Se mi fossi avvicinato a una bella signora che era in piedi nella sua cassetta delle lettere in quel momento, avrei potuto invitarla nella mia stanza per un drink. Beh, Neanche loro hanno corso abbastanza in fretta. Naturalmente, i quarterback e i catcher hanno avuto tutta la buona stampa. Eravamo solo "la linea" che avrebbe dovuto impedire al simpatico quarterback di andare in crash.

"Ma poi l'anno scorso a scuola, sono tornato e invece di sei piedi e duecentosessanta libbre di muscolo di ferro, ho quattro piedi di sella senza motore. Quindi ora le ragazze parlano con me, ma solo su come sono molto dispiaciuti ".

"Oh io ..." Anytha si guardò in grembo.

"Tranne te," lo interruppe. "A parte il fatto che ti scusi troppo spesso, non provo un pizzico di pietà. È rinfrescante. E se lo nascondi davvero bene, per favore non dirmelo. Fammi vivere così con la mia fantasia."

Questa volta, riempì il bicchiere di vino senza fingere.

Non sembrava notare o ricordare il suo limite prestabilito.

"Fatto, ho scoperto la mia anima. Ora è il tuo turno."

Prese un'altra birra dalla tasca della sedia e ancora una volta fece dei cestini perfetti con il coperchio.

"Uhm, io ..." Anytha si stava di nuovo stringendo le mani.

Prese il bicchiere di vino e chiuse le dita attorno al collo della base per darsi qualcos'altro da fare.

"Ti ha detto che non eri bella?" Chiese Brian piano.

"No, non l'ha mai detto," disse lei, scuotendo la testa.

"Ti ha detto che eri bella?"

"Mmm no." Bevve un sorso di vino.

"Fammi indovinare, allora. Ha costantemente sottolineato difetti. Ho ragione?"

Lei annuì imbronciata.

"Mi ha detto che avevo bisogno di perdere peso, e quando ho cercato di perdere un po', mi ha detto che ora il mio seno era troppo piccolo. Mi ha detto di tagliarmi i capelli, e quando lo ha fatto, ha ridicolizzato il mio stile. I miei vestiti non sono mai stati giusti anche quello che ha comprato per me. Mi ha fatto indossare lenti a contatto colorate perché i miei occhi erano noiosi, ma poi si è lamentato del colore troppo artificiale. Mi ha fatto indossare dei tacchi ridicolmente alti, ma poi si è arrabbiato perché mi stava dicendo i piedi fanno male."

Brian attese pazientemente finché non cominciò a rilassarsi, poi gli prese la mano e la tenne.

"Ti ha anche detto che eri orribile a letto, vero?" Lei annuì, ma non alzò lo sguardo.

Dopo un momento, allungò la mano libera e le prese il mento, sollevandola.

"Ti giuro che nulla di tutto ciò è vero. Beh, okay, non posso garantire il lato sessuale, ma sono stato con abbastanza donne per avere una buona idea di come sarai a letto, così come sei." Stai uscendo dal letto. E comunque, lo stai superando. Devi iniziare a rilassarti un po'."

Lei sorrise tristemente.

"Quindi questa cosa terapeutica che ti piace fare con le ragazze. È solo un'attività secondaria o guadagni molti soldi?"

Ha riso.

"Raccolgo il mio pagamento con un sorriso", disse, tendendo le braccia. "Vorrei che tu venissi qui e siedessi sulle mie ginocchia per abbracciarti."

"Sei sicuro? Voglio dire ..."

"Non si sono spezzati", disse, dandosi una pacca sulle cosce. "Semplicemente non fanno una dannata cosa dico loro."

Era ancora titubante mentre si trovava davanti alla sua sedia, ma poi si sporse in avanti e la prese in grembo, lasciando che le sue gambe penzolassero su un braccio della sedia.

Dopo solo una piccola pausa, si rannicchiò contro il suo petto ampio e duro, gli avvolse le braccia attorno al collo e sospirò.

Le avvolse le braccia muscolose attorno a sé e la tirò ancora più vicino.

"Mi piaci, Brian", disse, sebbene la sua voce fosse ovattata contro il suo petto.

"E mi piaci", rispose. "Vorrei solo avere l'attrezzatura disponibile per dimostrarti che il buco del culo era sbagliato sul letto insieme a tutto il resto."

Anytha rise un po 'e si chiese subito quanto vino avesse bevuto a stomaco vuoto.

Le diede un'ultima stretta e poi, quando si sedette in grembo, aggiunse:

"E nel caso tu sia interessato, la lingua funziona ancora bene."

Lo prese e lo spostò come prova.

Anytha stava ridendo forte ora.

Si spostò dalle sue ginocchia.

"Penso che farei meglio ad andare, prima che tu mi metta più da bere. Mi stai facendo sentire una studentessa eccitata!"

"Quindi, il mio diabolico piano diabolico sta andando come previsto" ridacchiò, anche se allontanò la sedia in modo che potesse spostarsi sul divano.

Stava raccogliendo il cappotto e gli effetti personali quando la fermò.

"Comunque, posso convincerti a venire a cena venerdì? Mio fratello gemello sarà qui. Vorrei che lo incontrassi."

Cercò nella sua memoria appannato di vino.

"Hai detto che è il tuo gemello?"

"Sì. Identico. Solo che non era abbastanza stupido da salire su una moto quando era ubriaco."

"Uhm", esitò.

"Niente scuse. Hai già confessato di non avere vita."

"Dannazione. Okay. A che ora?"

"Puoi aiutarmi con la mia e-mail alle 6:40, quindi indossare abiti più comodi e andare a casa mia, diciamo, alle 7:40", ha detto con un occhiolino.

Lei rise.

"7:40 va bene".

CAPITOLO 4

Venerdì sera Anytha ha indossato pantaloni da yoga e una maglietta oversize.

Le infradito hanno completato l'outfit.

Fuori dalla porta di casa di Brian, si fermò di proposito fino alle 7:40 sul suo cellulare.

Quando bussò, la porta si aprì immediatamente.

Brian ovviamente stava aspettando che chiamassi dentro.

Lei rise e lui rise, porgendole un bicchiere di vino.

"Vieni a conoscere mio fratello," disse, conducendola al divano.

Era una sua copia, fino ai jeans neri e alla camicia bianca a collo aperto.

Si era già alzato e aveva camminato intorno al divano con la mano tesa.

"Comunque, questo è John."

"È un privilegio incontrare chiunque sia disposto a sopportarlo", disse John, prendendole la mano, ma poi portandolo alle sue labbra per piantare un bacio sul suo palmo.

"È stato molto dolce", rispose Anytha.

"Sono il fratello più dolce. È noioso insopportabile. Vieni a sederti" aggiunse, tirandola verso il divano.

"Posso aiutare con la cena?" lei chiese.

"Non ti lascerà aiutare", gli assicurò John, "perché potevi vedere tutte le scatole da cui usciva il suo cibo" fatto in casa ".'"

"Molto divertente", trascinò Brian, tornando in cucina.

"Quindi capisco che hai avuto dei problemi con un ex?" Chiese John.

"Oh, uh ..." Anytha arrossì furiosamente.

"Brian me l'ha detto. Nessun dettaglio, solo quello, vediamo, come l'ha detto?" Il coglione ha fatto una cazzata sulla sua autostima. "Mi sono offerto di aiutarlo a battere il coglione. Ma ora che ti ho incontrato, una sculacciata sembra inappropriata. Almeno, dobbiamo rimuovere le unghie dai piedi e dalle dita ".

Brian si girò e porse a John una birra.

"È questa la tua idea di aprire una conversazione?" Si acciglio a suo fratello.

John si strinse nelle spalle.

"Non sono molto propenso a parlare di sciocchezze sul tempo. Inoltre, qui non fa altro che piovere. Limita la varietà di frasi intelligenti."

"Davvero ragazzi, sto solo cercando di andare avanti con la mia vita. Nessuno ha bisogno di essere colpito", intervenne Anytha.

"È una questione di opinione" disse Brian, guardando suo fratello.

"Ti amo anch'io, fratello", urlò John quando Brian tornò in cucina.

Guardò Anytha.

"Mi ama", disse con un occhiolino.

"Hai giocato anche a calcio?" Chiese Anytha, cercando di guidare la conversazione in un territorio neutrale.

"Un paio d'anni, ma ci vuole molto tempo e ho pensato che sarebbe stato meglio concentrarsi su una carriera più ... realistica."

"Va bene ragazzi," chiamò Brian. "Ora di cena."

John si alzò e le prese la mano, tirandola verso il tavolo della sala da pranzo nell'angolo della stanza vicino alle finestre.

Era la prima volta che notavo il tavolo ben allestito.

Brian stava accendendo candele al centro del tavolo.

Fuori, le luci della città iniziarono ad accendersi mentre il cielo si oscurava.

Brian prese un telecomando.

"Jazz, pop o rock?" Le chiedo.

"Sono seriamente sottovestita", disse, piantando i piedi contro il tiro della mano di John.

"Sciocchezze" esclamò John. "Di solito mangiamo nudi."

"Quindi sei troppo vestito" disse Brian.

Premette un pulsante sul telecomando e il soft jazz riempì la stanza.

Tirò fuori una sedia per farla guardare le finestre e la mano gentile ma insistente di John sulla sua schiena la fece sedere contro il suo miglior giudizio.

Quando furono entrambi soddisfatti che non sarebbe scappata, andarono in cucina e portarono rapidamente il cibo sul tavolo.

Quindi i fratelli si sistemarono ad ogni estremità del tavolino e procedettero a renderlo al centro dell'attenzione durante il pasto.

Avevano un'incredibile capacità di restituirgli la conversazione, ogni volta che pensava di averli reindirizzati su un altro argomento.

Si unirono anche a bere due volte con lei e una riempì il bicchiere quando lei rispose a una domanda dell'altra.

Scoprì presto che i suoi presunti argomenti contrari non erano altro che un travestimento per il suo profondo legame.

Quando finalmente tutti finirono il tavolo, impacchettati fino all'orlo, Anytha si offrì di lavare i piatti.

"Non!" Brian ha detto, saltando enfaticamente in quel modo.

"Senti," gli disse John, "hai i cestini nascosti nella lavastoviglie. Sapevo che erano nascosti da qualche parte."

"Voglio solo che tutti noi ci spostiamo sul divano e continuiamo questa grande conversazione", ha sostenuto Brian.

"Ma..."

"La mia casa, le mie regole. I piatti sporchi rimangono fino a quando non sono completamente maturi. Dai".

CAPITOLO 5

Rotolò verso un'estremità del divano in modo che John si spostasse dall'altra parte del divano, lasciando il centro per Anytha.

Sospirò e portò il suo bicchiere di vino attraverso la stanza.

Non appena si sedette, Brian riempì il bicchiere dalla bottiglia che aveva messo nella tasca della sedia.

Una volta fatto ciò, Brian la sorprese, usando la forza della parte superiore del corpo per alzarsi dalla sedia e sedersi sul divano.

Una volta lì, si voltò e appoggiò la schiena contro il suo braccio, sollevò la gamba destra sui cuscini e fece un gesto a Anytha, accarezzando il divano di fronte al suo grembo.

"Siediti qui. È tempo di un massaggio al collo."

"E poi puoi raccontarci tutto di quel viaggio di cui hai parlato prima di arrivare in Italia", ha detto John.

Si girò parzialmente sul divano per guardarla, appoggiandosi all'altro braccio quasi come un'immagine speculare di Brian.

Anytha bevve un sorso di vino, poi cercò un posto dove mettere il bicchiere.

John lo tolse e lo mise sul tavolo dietro di lui.

Sentendosi totalmente a disagio, si sistemò in posizione, quindi sentì le mani di Brian sulla sua vita avvicinarla.

Si tolse le infradito e iniziò ad incrociare le gambe, ma poi John si stava mettendo i piedi in grembo.

Le sue mani forti iniziarono a massaggiarsi gli archi sulla schiena mentre Brian andava a lavorare su collo e spalle.

Anytha allungò la mano per prepararsi meglio e Brian le mise volentieri le mani sulle cosce.

Si meravigliò che non fosse affatto a disagio.

Anytha sospirò.

"Se continui così, non ricorderò nulla del viaggio in Italia."

"Allora non farlo", disse Brian piano alle sue spalle. "Chiudi gli occhi e divertiti."

Le mani di Brian risalirono la schiena, i pollici esercitavano i muscoli lungo la schiena mentre le sue dita trovavano tutti i muscoli e li rilassavano.

Nel frattempo, qualcosa che John stava facendo ai suoi piedi sembrava sparargli direttamente nella pancia, diffondendo delizioso calore.

Quando Brian raggiunse la parte bassa della schiena, gemette di piacere.

Quando raggiunse il coccige, inarcò la schiena con gioia e gettò la testa indietro con un lungo "Ahhhh".

Brian e John si scambiarono comunicazioni silenziose.

Le mani di Brian iniziarono a sollevarsi sui fianchi, sotto la cima, e John allungò una mano per massaggiarsi i polpacci.

Anytha non reagì quando le mani di Brian raggiunsero la pelle nuda sopra i suoi pantaloni da yoga.

Continuava a canticchiare di piacere.

Quando Brian raggiunse la parte inferiore del reggiseno, fece scivolare le dita sotto la cinghia posteriore e si sporse in avanti.

"Anytha, vuoi questo?"

Quasi con riluttanza, abbassò la testa per incontrare gli occhi di John.

"Dì di sì," la convinse.

Le sue mani avevano smesso di muoversi, aspettando la sua risposta.

La pancia di Anytha si contorse, svegliandosi da un lungo sonno.

E gli occhi di John sui suoi erano così caldi, seri e gentili.

Chiuse gli occhi, approvando.

Era piacevolmente ottimista, non ubriaca.

Lentamente, riaprì gli occhi e John era ancora lì, aspettando pazientemente.

Lei annuì.

"Devi dirlo, Anytha," insistette Brian piano.

"Di 'quello che vuoi da noi", ha aggiunto John, "di entrambi."

Deglutì a fatica.

"Voglio che tu faccia l'amore con me."

"Entrambi."

La risposta di John fu una dichiarazione, non una domanda, ma lei rispose comunque.

"Sì."

Lei annuì avidamente, e immediatamente, il reggiseno si allentò e le mani di Brian erano sul bordo della camicia, sollevandola lentamente e assaporandola.

"Alza le braccia, Anytha," le ordinò, e lei lo fece, appoggiandosi all'indietro in modo che potesse raggiungerla e liberarla.

Prima di abbassare di nuovo le braccia, John si era mosso tra le sue gambe.

Le sue dita reggevano le cinghie del reggiseno, tirandosi giù e in avanti.

Nel momento in cui le lasciò le braccia, si chinò, incrociando le braccia sul petto, cercando di ricordare se fosse nella fase del suo seno piccolo o se tutto il resto fosse troppo grande.

John le afferrò saldamente i polsi e tirò con forza, ma delicatamente, allontanando le braccia, spingendo le mani verso il divano.

"Sei bellissima in ogni modo, Anytha."

Il suo viso si avvicinò al suo e le sue labbra sfiorarono la punta del suo naso, e poi le sue labbra.

Le mani di Brian si girarono per abbracciarle il seno, e quando John si tirò indietro un po ', Brian usò quelle mani per coccolarla contro il suo petto.

Quindi le labbra di John erano sul suo capezzolo destro, succhiavano affamate e leccavano.

Le dita di Brian lo tirarono e gli pizzicarono il capezzolo sinistro.

La sua schiena si inarcò e la sua testa cadde sulla spalla di Brian.

I suoi morbidi baci le caddero come pioggia sul collo e sulle spalle, i denti rosicchiarono delicatamente il lobo dell'orecchio.

Il contrasto del tocco morbido delle labbra di Brian e del suo avido assalto al seno era quasi insopportabile.

Si agitò, preoccupata di poter ferire Brian, ma lui si aggrappò a lei e rise persino quando lei gemette ad alta voce.

Quando pensò di non poter durare un momento, John si appoggiò all'indietro e le sue dita affondarono nell'ampia cintura dei suoi pantaloni.

Si fermò lì, senza muoversi, e lei alzò la testa per trovare i suoi occhi su di lei, apparentemente in attesa di permesso.

Lei annuì e immediatamente le tirò giù i pantaloni elastici e le tolse dalle gambe.

"Molto bello", Brian gli inspirò all'orecchio.

"Aspetta" disse John. "Va ancora meglio."

Intrecciò le dita nelle sue mutandine e attese di nuovo il permesso.

Anytha tremava di attesa quando annuì.

Questa volta John era molto più lento, rivelando il suo tumulo, quindi le labbra della sua figa con cura così lancinante che voleva urlare di frustrazione.

Deve averlo notato perché rideva mentre toglieva le mutandine dal resto del cammino.

Prima che i suoi piedi potessero posarsi di nuovo sul divano, le sue gambe furono gettate sulle spalle di John ed era già nella sua figa.

La sua lingua aprì le labbra.

"Ehi," protestò Brian, "questo è il mio lavoro."

"Voglio solo provarlo," la rassicurò John, le sue labbra mormoravano contro le sue.

Poi la sua lingua affondò profondamente, leccandola e lei ansimò e si contorse fino a quando lui allungò una mano per afferrare i suoi fianchi.

Quando alla fine si tirò indietro, si leccò le labbra e guardò Brian.

"Dio, è così bagnata. Questa ragazza è stata troppo a lungo senza una bella scopata."

"Beh, dannazione, lasciami fare il mio turno," mormorò Brian.

"Tutti i tuoi," John annuì allegramente, e all'improvviso entrambi i suoi piedi furono a terra.

Il braccio forte di John la teneva attorno alla vita, sollevandola e torcendola come se non pesasse nulla, e poi si sistemò in grembo, sentendo la sua erezione contro il suo fondo e le sue mani massaggiare e accarezzarle il seno.

Nel frattempo, Brian si era già posizionato per un assalto frontale completo sulla sua figa.

Le leccò beffardamente le labbra esterne, poi cominciò a far scorrere la lingua su e giù tra di loro, di tanto in tanto con un leggero tocco sul clitoride che la faceva sussultare e sorridere.

Si rese conto che sapeva esattamente cosa gli stava facendo.

Sospettava anche che stesse aspettando che lei chiedesse di più.

"Per favore Brian. Mi stai torturando qui." Si contorse per enfasi.

"Più duro, più veloce o più profondo?" chiese con un largo sorriso.

"Tutto quanto sopra" gemette.

Vide i suoi occhi spostarsi su quelli di John e improvvisamente le mani di suo fratello si spostarono dal suo seno per afferrargli le cosce appena sopra le ginocchia.

Li stava separando, esponendola completamente alla lingua da scout di Brian.

Proprio quando Anytha cominciò a vergognarsi vagamente di essere così esposto, Brian affondò la lingua dentro di sé e l'intensità della sua lingua calda e vivace nella sua fica stretta, avida e inutilizzata cancellò tutto il resto dalla sua mente.

Girò la testa contro John.

L'angolo del collo e della spalla, improvvisamente a portata di mano, affondò avidamente le sue labbra e poi i suoi denti nella sua pelle febbrile.

Iniziò a alternare tra gemiti e volgarità.

Brian passò dalla sua figa al clitoride e iniziò a succhiare e masturbarsi con la sua lingua agile.

Passarono solo pochi istanti prima che soffocasse un singhiozzo strozzato e si scuotesse contro la forte presa di John e la lingua indugiante di Brian.

Proprio quando ha iniziato a scendere dall'orgasmo esplosivo, Brian ha immerso un dito nella sua figa e ha iniziato a lavorare il suo punto G fino a quando non è esplosa di nuovo.

La sua schiena si inarcò quasi dolorosamente.

Non era mai venuta due volte di fila prima, ed era abbastanza sicura che si sarebbe sciolta in una pozzanghera quando Brian alla fine si allontanò e John lasciò andare le gambe e girò la testa per baciarla dolcemente, stringendole la guancia nella sua grande mano.

Quando finalmente la liberò dal bacio, si guardò intorno per rendersi conto che Brian era tornato sulla sua sedia a rotelle. "

"Abbastanza preliminari", ha detto. "Alla camera da letto".

CAPITOLO 6

Anytha voleva dire che, se quello era un preliminare, non era sicura di poter sopravvivere all'atto sessuale, ma si ritrovò intrappolata tra le braccia di John e portata dietro la sedia di Brian.

Quando la fece sedere sul bordo del letto, scoprì che anche lui era riuscito a portarle del vino.

Lo consegnò con un occhiolino.

"Ne avrai bisogno per guadagnare forza" disse John.

"Intendiamo essere spietati", ha aggiunto Brian, che si stava già spogliando.

Guardò stupita mentre si toglieva facilmente i vestiti e poi si sporgeva sul letto.

Notò anche che il letto era già stato preparato.

Erano così sicuri di sedurla o così speranzosi?

Guardò imbarazzata Brian mentre si appoggiava contro un cuscino in testa al letto.

"C'è qualcosa che posso fare per te?" lei chiese.

Non è stato difficile vedere che il suo cazzo era un po 'gonfio, se non duro.

Lui sorrise dolcemente e scosse la testa.

"Non potrei sentirlo se lo facessi. Puoi soddisfarmi meglio divertendomi."

"Oh, dopo tutto quello che hai fatto, non credo di poter più venire ..."

"Non prendo no per una risposta," disse John, strisciando dietro di lei e mordicchiandole una spalla.

Rise del solletico dei suoi denti.

"Quindi cosa posso fare per te? Vuoi che ti succhiare? Non sono molto bravo, ma ..."

"Fammi indovinare. Il tuo ex idiota te lo ha detto," disse Brian, praticamente ringhiando.

"Uhm ..."

"Non voglio rischiare di venire troppo presto", interruppe John. "Immagino di riuscire a farti venire almeno due volte di più. Tre se voglio."

"Dovrai concedergli un po 'di tempo", ha avvertito Brian. "È stretta come il ragazzo nel canto natalizio."

"Bene" ammise John. "Lo hai pronto e ti faccio vedere come non è orribile."

"ME..."

"Shhhh. Baby."

John si portò il bicchiere di vino sulle labbra fino a quando non prese alcuni sorsi, poi allungò la mano e lo posò sul comodino.

Accarezzò il letto.

"Mani e ginocchia. Indichi quella fica giocosa che hai dove il signor Brian può lavorarci su."

Anytha soffocò un'altra risatina, sentendosi un po 'sciocca mentre cercava di posizionarsi con la figa alla portata di Brian.

La aiutò a seguirla, avvicinandola fino a quando i suoi piedi si posarono contro la testiera su cui era appoggiato.

Quando fu soddisfatto, annuì a John, che si stabilì di fronte a Anytha in modo che lei potesse chinarsi e prendere la sua erezione molto grande e molto dura nella sua bocca.

Il suo cazzo era proporzionale alle sue spalle e al suo petto, più grande di qualsiasi altro avesse mai visto prima, ma era decisa a compiacerlo, a ridargli il piacere.

"Fallo", disse con un sorriso incoraggiante, chinandosi, gettando indietro le braccia.

Anytha leccò delicatamente e prese in giro la testa del suo cazzo, quindi la inseguì con la lingua.

Mentre John usava una mano attorno alla base per provocarla in cambio.

Quando alla fine l'ha catturato in bocca, è stata premiata con un sospiro soddisfatto da John e un dito improvviso nella fica di Brian.

Cercò di concentrarsi sul succhiare e leccare John, ma era sconcertante avere il dito lungo e grosso di Brian che esplorava liberamente le sue viscere.

Quando ha iniziato a strofinare la parete anteriore della sua vagina, è stato come una mini esplosione di piacere.

Ringhiò sorpresa, il che sembrò piacere a John.

Flesse i fianchi per spingerla un po 'più in profondità nella sua bocca e girò la testa indietro.

Anytha aveva appena iniziato ad assestarsi su un ritmo frenetico su e giù per il membro di John quando sentì un secondo dito penetrare nella sua figa.

Quindi entrambi esplorarono dappertutto, cercando occasionalmente il suo punto G o pompando dentro e fuori, ma cominciò a sospettare che stesse cercando di evitare di portarla all'orgasmo; salvandolo per suo fratello.

Non riusciva a credere alla pressione che si stava accumulando nella sua pancia.

Che potesse essere di nuovo così eccitata, ma si ritrovò a spingere indietro contro le sue dita, cercando ancora più stimoli.

Alla fine le diede una pacca scherzosa sulla guancia.

"Sono il dottore, qui. E dico quando."

Anytha gemette e John ansimò, liberandosi dalla sua bocca.

"Dannazione, donna! Se il tuo ex ti avesse fatto gemere in quel modo, sicuramente non si sarebbe lamentato del fatto che gli succhiassi il cazzo." Cadde drammaticamente sul letto. "Potrei dover farmi una doccia fredda."

"Amico," disse Brian, facendo scivolare un terzo dito verso Anytha.

Lei ansimò e lui la calmò.

"Dagli un minuto. Anche il tuo ex deve essere stato fragile, in cima a tutto il resto. Respira, tesoro."

Iniziò a massaggiarsi il coccige, che il suo precedente massaggio aveva indicato come una delle sue zone erogene.

Quando iniziò a sentire la sua figa aggrapparsi alle sue dita, cercando di spingerle più in profondità, annuì a John.

"È pronta per te. Ma rilassati."

Allontanò lentamente le dita e lei le sentì sollevarla e girarla di nuovo come se non avesse peso.

Sembrava che un enorme buco vuoto fosse apparso all'improvviso nella sua pancia, e il suo respiro avesse sussulti irregolari.

Ancora sulle sue mani e sulle sue ginocchia, ma ora di fronte a Brian, sentì John che premeva l'ingresso della sua figa.

Lei si tirò indietro, nonostante il dolore mentre la allungava ulteriormente, disperata per riempire il vuoto.

All'improvviso, John la afferrò per i fianchi e la trascinò fino alla testa del suo cazzo.

Anytha fece un respiro profondo e trattenne il respiro.

Lei alzò la testa.

Brian stava guardando John con gli occhi socchiusi.

Poi guardò Anytha con preoccupazione.

"Respira, tesoro. Entra ed esci."

"L'ho capito," disse John, apparentemente per rassicurare Brian. "Comunque, non mi muoverò finché non sarai pronto. Okay? Fammi sapere."

Tuttavia, pensò di sentirlo tremare con lo sforzo di rimanere fermo.

Ma poi, all'improvviso come era arrivato il dolore, scomparve e il bisogno disperato di colmare il vuoto era tornato.

Anytha indietreggiò più forte che poté, ma sentì John indietreggiare allarmato.

"Comunque, no! Vacci piano. Non voglio farti a pezzi."

Ci provò di nuovo, e lui si ritrasse di nuovo, la sua presa sui fianchi ora spingeva invece di tirare.

"Lenta, dolcezza", avvertì Brian, allungando la mano per spingerla in avanti.

Anytha scosse la testa frustrata.

"Ho bisogno che mi riempia. Sono stato vuoto per così tanto tempo. Per favore, John!"

La sua presa sui fianchi si strinse.

"Okay. Sto andando da te. Fammi impostare il ritmo, okay? Spingerò un po 'di più, poi arretrerò. Lo farò più volte per spargere i tuoi succhi, quindi riempirlo. Lo prometto. Okay?

Brian le stava afferrando le braccia adesso.

"Comunque," disse, cercando di attirare la sua attenzione.

Ha cercato.

Il sudore le inumidiva i capelli e li attorcigliava in riccioli.

"Il suo grosso cazzo è grande quasi quanto il suo ego. Sa come farlo bene. Lascia che mi prenda cura di te."

Lei annuì, preparandosi contro le proprie necessità.

John spinse un pollice, poi scivolò indietro facilmente, lasciando solo la testa dentro.

I suoi succhi si stavano diffondendo, coprendo il suo membro.

Ci vollero ancora pochi centimetri dentro e fuori.

Quindi spinse lentamente fino a raggiungere la fine.

Anytha emise un profondo sospiro.

Non si era mai sentita così piena e così soddisfatta.

Cominciò a muoversi dentro e fuori, inizialmente lentamente, e guadagnando una frazione di pollice di profondità ogni volta.

Ogni volta che ho raggiunto la fine, quella magica sensazione di essere pieno e completo è tornata.

E stava diventando più forte e la pressione esplosiva che si era accumulata su di lei stava emergendo.

E poi era completamente dentro, le sue palle erano appoggiate al suo clitoride, il suo respiro era irregolare come il suo.

Anytha guardò Brian negli occhi e lui annuì e le lasciò le braccia.

Anytha spinse indietro contro John, anche se non c'era più cazzo da prendere.

Guardò Brian e poi si sistemò le mani sui fianchi.

Si ritirò lentamente e poi si schiantò contro di lei, anche se lei si ritrasse per incontrarlo.

Poi si sono mossi in concerto e Anytha ansimava ogni volta che le sue palle colpivano il clitoride.

John ha lottato per contenere il suo orgasmo, anche se ha lottato per liberare il suo.

I suoi occhi erano chiusi, i suoi sensi completamente avvolti attorno a ciò che stava accadendo nella sua pancia.

Improvvisamente Anytha notò le potenti dita di Brian.

Due stavano massaggiando ogni lato del clitoride, al ritmo del movimento dei colpi di John.

Le dita dell'altra mano premevano e si strofinavano le fossette accanto al suo coccige.

Come se fosse stata effettuata una connessione al circuito elettrico, tutto è esploso contemporaneamente al suo interno.

Si distese sul letto e urlò sul materasso mentre un'ondata di ondate di orgasmo attraversava il suo stesso essere.

Era anche vagamente consapevole del ritmo vacillante di John quando anche lui venne, ma poi stava di nuovo pompando contro di lei, tenendo i fianchi contro le sue spinte, cercando di prolungare il suo orgasmo.

CAPITOLO 7

Anytha si svegliò qualche volta al mattino, raggomitolandosi tra i due uomini e sentendosi più pieno che mai.

Il suo braccio era attorno all'uomo di fronte a lei ed era totalmente imbarazzata nel rendersi conto che non sapeva se fosse Brian o John.

Fu solo quando l'uomo dietro di lei si spostò e si strinse le ginocchia contro le sue che poteva esserne sicura.

Sorrise felice quando decise che era un dilemma meraviglioso.

Quando alla fine tutti si alzarono dal letto e Anytha si vestì e si preparò a tornare nel suo appartamento, Brian disse:

"Sai, possiamo cenare insieme ogni venerdì sera. Se sei interessato."

"È una promessa", disse, girando la maniglia della porta e rimbalzando sul suo cammino.

FINE

65